Analyse de l'œuvre

Par Martine Gaillard et Célia Ramain

Boule de suif

de Guy de Maupassant

lePetitLittéraire.fr

Rendez-vous sur lepetitlitteraire.fr et découvrez :

Plus de 1200 analyses
Claires et synthétiques
Téléchargeables en 30 secondes
À imprimer chez soi

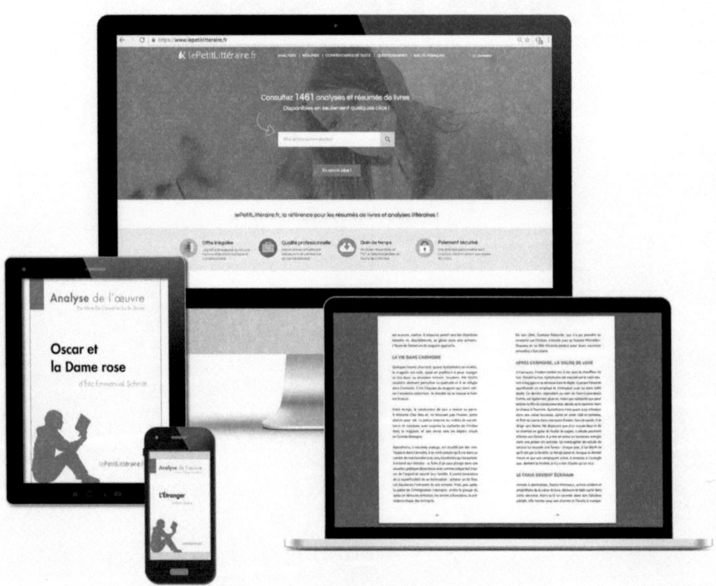

GUY DE MAUPASSANT

- **Né en 1850 à Tourville-sur-Arques (Seine-Maritime)**
- **Décédé en 1893 à Paris**
- **Quelques-unes de ses œuvres :**
  - *Les Contes de la bécasse* (1883), recueil de nouvelles
  - *Bel-Ami* (1885), roman
  - *Le Horla* (1887), recueil de nouvelles

Né en 1850, Guy de Maupassant est un écrivain français à qui l'on doit 6 romans et près de 300 nouvelles. Il passe sa jeunesse en Normandie où il commence des études de droit. En 1870, il s'engage comme volontaire dans la guerre franco-prussienne, puis s'installe à Paris où il travaille comme fonctionnaire. Gustave Flaubert (écrivain français, 1821-1880), qui est un ami de sa mère, le prend sous sa protection et l'introduit dans les milieux littéraires. Il fréquente alors les écrivains réalistes et naturalistes, dont Émile Zola (écrivain et journaliste français, 1840-1902). De 1880 à 1890, il écrit des romans (*Une vie*, 1883, *Bel-Ami*, etc.) et de nombreuses nouvelles réalistes (*Boule de suif*, *La Maison Tellier*, 1881, etc.) ou fantastiques (*Le Horla*, *La Peur*, 1882, etc.) dans lesquelles il rend compte de sa vision pessimiste de la société. Il sombre dans la folie en 1890 et meurt en 1893.

BOULE DE SUIF

UNE NOUVELLE
SUR L'OCCUPATION PRUSSIENNE

- **Genre :** nouvelle
- **Édition de référence :** *Boule de suif*, Paris, Librio, 1995, 95 p.
- **1re édition :** 1880
- **Thématiques :** guerre, enfermement, Occupation, argent, nourriture, générosité/ égoïsme

Boule de suif fait partie d'un recueil de nouvelles qui parait en 1880, *Les Soirées de Médan*. Ce recueil réunit des récits écrits par des romanciers qui ont été invités par Zola dans sa maison de Médan, d'où le titre de l'ouvrage. *Boule de suif* est la troisième nouvelle de Maupassant, mais c'est son premier succès. L'histoire, inspirée d'un fait divers, raconte la fuite d'un groupe de 10 personnes après la défaite des Français à Rouen (Seine-Maritime) face aux envahisseurs prussiens lors de la guerre de 1870. Notons que, mobilisé, Maupassant avait lui-même été affecté à Rouen à l'intendance de l'armée française.

RÉSUMÉ

Après la débâcle de l'armée française lors de la guerre de 1870, les habitants de Rouen se résignent à l'occupation prussienne. Nombreux sont les Normands qui voudraient reprendre leurs activités commerciales. Parmi eux, 10 personnes obtiennent de l'armée allemande l'autorisation de rejoindre, par diligence, la ville de Dieppe : « Quelques-uns avaient de gros intérêts au Havre que l'armée française occupait, et ils voulurent tenter de gagner ce port en allant par terre à Dieppe où ils s'embarqueraient. » (Éditions Nathan, coll. « Carrés Classiques », 2009, p. 20)

Dans la voiture prennent place Loiseau, un marchand de vin sans scrupules, le propriétaire de filatures M. Carré-Lamadon, le comte de Bréville et leurs épouses respectives. S'y ajoutent deux religieuses, le républicain Cornudet et Boule de suif, une prostituée patriote en fuite après avoir tenté d'étrangler un occupant prussien. Ces derniers, considérés comme des gens peu fréquentables par les autres passagers, sont d'abord mis à l'écart.

La neige et les dangers de la guerre empêchent le ravitaillement des voyageurs, si bien qu'au bout d'une dizaine d'heures, tenaillés par la faim, ils finissent par accepter que Boule de suif, plus prévoyante qu'eux, partage le plantureux panier de provisions qu'elle a emporté avec elle. La bonne chère et le vin aidant, une sorte de fraternité s'installe entre les personnages.

La diligence s'arrête à Tôtes devant l'auberge de M. Follenvie où les voyageurs s'apprêtent à passer la nuit. Mais, à leur grande surprise, la porte de la voiture s'ouvre sur un officier allemand qui les conduit dans l'hôtel, où un contrôle de leurs identités et professions est effectué. L'officier convoque ensuite Boule de suif, qui accepte d'obéir à contrecœur, pour complaire à ses compagnons de voyage. En effet, devant le refus de Boule de suif de rencontrer le Prussien, « tout le monde se joignit à lui, on la pria, on la pressa, on la sermonna, et l'on finit par la convaincre ; car tous redoutaient les complications qui pourraient résulter d'un coup de tête. » (*ibid.* p. 50) La jeune femme sort exaspérée de l'entretien avec l'officier, mais refuse de révéler ce qu'il s'est passé.

Après le diner, pendant lequel la femme de l'aubergiste s'emporte contre les occupants allemands et la guerre en général, tous vont se coucher, excepté Loiseau. Ce dernier surprend alors, dans le couloir, Boule de suif repoussant les avances de Cornudet pour des raisons patriotiques : l'ennemi Prussien étant à côté, ce n'est ni le lieu ni le moment adéquat pour la jeune femme.

Le lendemain, les voyageurs français s'aperçoivent que leur voiture est bloquée à Tôtes sur ordre de l'officier allemand. Celui-ci refuse de motiver sa décision. Le soir même, le soldat envoie l'aubergiste comme messager à Boule de suif pour qu'elle accepte de se donner à lui ; devant les autres dineurs, la jeune femme répond qu'elle n'a pas changé d'avis. Pressée de s'expliquer, Boule de suif révèle alors à ses compagnons de route que l'officier ne les laissera repartir que si elle couche avec lui.

D'abord compréhensifs, les bourgeois rouennais changent peu à peu d'avis et complotent, en se servant de la ferveur religieuse de Boule de suif et invoquant qu'« une action blâmable en soi devient souvent méritoire par la pensée qui l'inspire » (*ibid.*, p. 69), pour la pousser à céder. Encore émue par le baptême auquel elle vient d'assister, qui lui a fait penser à son enfant qu'elle ne voit que peu, la prostituée se laisse convaincre.

Pendant qu'elle se dévoue pour sauver ses compatriotes, ceux-ci fêtent leur délivrance sans retenue à grand renfort de victuailles, de champagne et de plaisanteries grivoises, particulièrement de la part de M. Loiseau. Au matin, pourtant, Boule de suif ne croise que des regards indifférents, voire méprisants. Elle ne reçoit aucun remerciement, pas même un geste de reconnaissance de la part de ceux qu'elle vient de sauver. Personne, pas même Cornudet, ne lui propose de partager sa collation dans la diligence qui reprend la route. C'est donc humiliée, affamée, exclue et en pleurs que Boule de suif poursuit son voyage, tandis que Cornudet entonne un chant populaire républicain, *La Marseillaise*, pour contrarier les bourgeois.

ÉTUDE DES PERSONNAGES

LES MARGINAUX

Boule de suif

Boule de suif, de son vrai nom Elizabeth Rousset, est une prostituée qui fuit Rouen après avoir manqué d'étrangler un officier prussien venu loger chez elle, car elle se déclare bonapartiste et patriote.

Bien que femme de petite vertu, c'est le seul personnage véritablement héroïque de la nouvelle : Boule de suif fait preuve de grandeur en se refusant à Cornudet et à l'officier allemand, ainsi que de générosité en acceptant finalement de céder au soldat prussien pour délivrer ses compatriotes. Visiblement, le personnage a toute la tendresse de l'auteur, lui-même grand amateur de prostituées. En effet, la figure de la prostituée est présente chaque année dans les récits courts de Maupassant depuis 1875. L'auteur aime placer ce type de personnage dans des circonstances exceptionnelles. Dans *Boule de suif*, en temps de guerre et face à un dilemme, la prostituée fait preuve de grandeur, d'amour maternel (elle se rend à un baptême), de patriotisme et de piété. Ainsi dresse-t-il le portrait d'une femme respectueuse des conventions sociales (dans sa demande de proposer ses victuailles aux deux couples les plus nobles), faisant preuve de courage face à l'envahisseur prussien et de dignité (elle tente de cacher ses larmes à la fin dans la diligence).

Si Maupassant la présente comme une femme séduisante dotée de « deux yeux noirs magnifiques » et « d'une bouche charmante », la description qu'il en donne fait également d'elle, en lui donnant des « doigts bouffis [...] pareils à des chapelets de courtes saucisses », une marchandise appétissante qui suscite malgré elle la convoitise des personnages masculins (p. 16). La prostituée est ainsi présentée comme une femme-objet. Ce n'est d'ailleurs jamais son point de vue qui est adopté, puisqu'elle est l'objet des regards et des discours ; le point de vue dominant est celui des bourgeois. Le personnage reste par conséquent assez mystérieux, inconnu. Aussi le mépris des autres personnages poursuit-il la jeune femme jusque dans son surnom, Boule de suif, dévalorisant son embonpoint et accentuant son statut d'objet.

La faiblesse de Boule de suif consiste à rechercher la gratitude des bourgeois, ce qui apparait d'une grande naïveté. Ceux-ci se servent de sa piété, par l'intermédiaire d'une des deux religieuses, pour l'obliger à commettre un acte qu'elle condamne, invoquant que « Dieu [...] pardonne le fait quand le motif est pur » (p. 35).

Ajoutons que l'auteur se sert de ce personnage pour dévaloriser les institutions, l'armée et même l'Église : à cause d'elle, l'une des religieuses se rend complice d'un péché de chair et l'officier prussien est rabaissé par la grandeur de la prostituée.

En résumé, elle incarne la prostituée au grand cœur, la femme-victime si souvent présente dans l'œuvre de Maupassant tel que dans *La Petite Roque* (1886).

Cornudet

Cornudet est pourvu d'une barbe rousse qui lui donne l'air d'un ogre, est un grand amateur de bière et se montre sensible aux charmes de Boule de suif. Il se clame républicain : patriote, il a organisé la défense de Rouen et se rend au Havre, encore tenu par les Français, pour leur prêter main-forte. Pourtant, il n'est pas courageux au point de s'opposer ouvertement à l'officier prussien et aux bourgeois livrant Boule de suif à l'ennemi. Se vengeant peut-être du fait que la jeune femme l'ait repoussé, il ne lui offre pas une miette de son repas lors du deuxième voyage, tout comme les autres passagers. Paresseux et dépensier (il a dilapidé l'héritage de son père), il fait preuve de passivité face aux évènements, se contentant d'une révolte d'opérette (sa seule vraie provocation étant de seriner *La Marseillaise* pendant le trajet).

LES GENS DU PEUPLE ET LES PETITS BOURGEOIS

M. Follenvie

L'aubergiste bedonnant et asthmatique de Tôtes, M. Follenvie, joue (davantage par peur que par conviction) le rôle difficile d'intermédiaire entre les Français et l'occupant ennemi. Il est devenu le domestique de l'officier allemand. Victime de la guerre, il se fait rouler par Loiseau qui lui vend six tonneaux de mauvais vin.

Mme Follenvie

Bavarde, porte-parole du peuple français et du narrateur, Mme Follenvie fait preuve de davantage de courage que son mari et laisse éclater au diner sa haine du Prussien ainsi que son horreur de la guerre.

Ce personnage, dont on ne connait pas les caractéristiques physiques, ne fait qu'une très brève apparition dans le récit, mais elle est notable. Flattée d'avoir un auditoire assez important, la brave femme prononce une diatribe contre les rois qui ne trouvent rien de mieux que d'initier des guerres selon leur bon plaisir. En cela, celle qui se présente comme « une vieille femme sans éducation » (p. 53) et dont le bon sens est salué par Cornudet et admis par M. Carré-Lamadon, se fait en réalité le porte-parole du peuple français et de l'auteur, qui avait la guerre franco-allemande de 1870 en horreur.

Les religieuses

Elles sont deux : l'une jeune et jolie, mais chétive et maladive ; l'autre, plus âgée, a le visage troué de cicatrices laissées par la petite vérole. On apprend que cette dernière a été contaminée en soignant des malades sur les champs de bataille de Crimée, d'Italie et d'Autriche.

Elles ne s'expriment jamais directement, observant la retenue attendue de leur part, à une excpetion près : la religieuse plus âgée approuve l'idée de la comtesse selon laquelle « la fin justifie les moyens », devenant la complice du péché de Boule de suif. Leur foi est intraitable ; cette dernière est d'ailleurs comparée à une « barre de fer » (p. 35). Notons qu'elles n'ont pas la charité d'accueillir la prostituée après son sacrifice, ni de partager leur repas avec elle. À travers elles, Maupassant règle ses comptes avec l'Église.

LES BOURGEOIS ET LES NOBLES

Les bourgeois et les nobles vont toujours de pair et partagent de nombreux points communs.

M. Loiseau

Commerçant sans scrupule et être grossier – dont le ventre enfle comme un « ballon » (p. 14) – qui a du mal à dissimuler ses appétits d'argent, de nourriture et de chair, M. Loiseau est le premier à accepter les provisions de Boule de suif (il les « dévorait du regard avant de les avaler tout court », p. 18). Il a la réputation d'être rusé et farceur, prêt à toutes les lâchetés pour préserver ses richesses et protéger son bienêtre (il cache sa montre quand, persuadé d'avoir été pris en otage, il espère passer pour plus pauvre qu'il ne l'est). Il compte se rendre au Havre pour récupérer une importante somme d'argent que lui doit l'État.

Mme Loiseau

À première vue opposée à Loiseau, physiquement et moralement (elle est grande, parle haut tandis que son ordre et sa rigueur contrastent avec la jovialité de son mari), Mme Loiseau semble être une bonne épouse, économe et active. Elle ne s'exprime longuement qu'une seule fois, mais son discours trahit son conformisme et sa vulgarité, son mépris pour la prostituée et sa volonté de collaborer avec les Prussiens.

M. Carré-Lamadon

Propriétaire de trois filatures de coton, membre du conseil

général comme le comte de Bréville, décoré de la Légion d'honneur, M. Carré-Lamadon appartient à la grande bourgeoisie. Il aimerait être au même niveau social que le comte, ce qui explique son empressement à apposer, sur la carte de celui-ci, son nom et ses différents titres. D'une façon générale, il aime à évoluer à ses côtés. De tous les personnages, il est celui dépeint par Maupassant comme le plus en recherche de nouveaux profits.

Mme Carré-Lamadon

Mme Carré-Lamadon est un des rares personnages à avoir droit à une description physique. Jolie jeune femme, elle est beaucoup plus jeune que son mari. « Toute petite, toute mignonne, toute jolie » (Éditions Nathan, 2009, p. 29), elle est accoutumée à tromper son mari avec des officiers. Maupassant n'est guère tendre avec ce personnage à la vertu si légère. Son ironie mordante à son égard se manifeste notamment lorsqu'il la décrit : « Les yeux de la jolie Mme Carré-Lamadon brillaient, et elle était un peu pâle, comme si elle se sentait déjà prise de force par l'officier. » (*ibid.*, p. 65) Cette réaction est ambigüe : elle pourrait être, comme pour les deux autres femmes mariées, l'expression d'une crainte d'un viol si elle n'avait pas déjà été présentée comme une femme à la jambe légère, trouvant très à son gout l'officier ennemi. Pourtant c'est cette même jeune femme qui jouera la « vertu outragée » (*ibid.*, p. 79) lorsqu'une Boule de suif humiliée d'avoir été forcée de coucher avec l'ennemi viendra lui dire timidement bonjour. Se révèle encore une fois l'ironie de Maupassant avec ce jeu de miroir entre Boule de suif et Mme Carré-Lamadon. L'une couche avec des hommes pour sa survie sans renier ses valeurs (son patriotisme par exemple) alors que la seconde multiplie les amants sans se poser de question d'éthique.

Le comte de Bréville

Riche propriétaire terrien de vieille noblesse et membre du conseil général, le comte de Bréville est orléaniste, c'est-à-dire qu'il est royaliste et espère le retour sur le trône de Philippe d'Orléans.

Malgré ses manières de grand seigneur, c'est lui qui, par son autorité, sa diplomatie et sa courtoisie, convainc Boule de suif de commettre une « infamie », ce qui est pourtant indigne d'un gentilhomme.

La comtesse

Pratiquement toujours associée à Mme Carré-Lamadon, la comtesse est une experte en mondanités. Elle est à l'initiative, consciente ou non, de l'utilisation d'une des religieuses pour faire fléchir Boule de suif. Elle fait preuve d'une cruelle indifférence : lorsque, dans la diligence enfin repartie, Boule de suif est mise de côté, la comtesse poursuit son bavardage frivole avec Mme Carré-Lamadon. Pourtant, elle parait plus sensible que les autres, désignant d'un geste discret les larmes de Boule de suif à son mari.

L'OFFICIER ALLEMAND

Physiquement féminin, du fait de sa blondeur, de la finesse de sa taille et de sa coquetterie (« serré dans son uniforme comme une fille dans son corset », p. 22), l'officier allemand porte cependant un attribut typiquement masculin, la moustache, signe de virilité dans l'œuvre de Maupassant. Cette moustache est si fine qu'elle devient une sorte de « fil » (p. 22) et si effilée qu'elle fait penser à une lame.

Vaniteux, autoritaire et ne connaissant que son caprice, il est le bras du destin qui plonge Boule de suif dans le déshonneur et le désespoir, en rendant impossible son intégration dans la bonne société française.

CLÉS DE LECTURE

LA GUERRE FRANCO-ALLEMANDE

Contexte historique

Le 12 juillet 1870, pour apaiser la France des rivalités avec la Prusse, Léopold de Hohenzollern(1805-1905), le cousin du roi de Prusse, annonce qu'il ne sera pas candidat au trône d'Espagne. La France exige que la Prusse confirme cette nouvelle à son ambassadeur. Pourtant, Guillaume Ier (1797-1888), roi de Prusse, trouve l'entrevue avec l'ambassadeur inutile et transmet l'information de ce renoncement au trône dans un télégramme, la « dépêche d'Ems », qu'il envoie à Bismarck (1815-1898), le ministre-président prussien. Au lieu de reproduire fidèlement les propos du roi, Bismarck, qui ne veut pas renoncer à la couronne d'Espagne, les déforme et fait parvenir un communiqué agressif aux agences de presse françaises. Croyant la France insultée par le courrier du roi Guillaume Ier, Napoléon III (1808-1873), empereur des Français, déclare la guerre à la Prusse le 19 juillet 1870.

Face à une armée beaucoup plus performante qu'elle, l'armée française ne tient que six mois. Dès le début du mois de septembre 1870, Napoléon III capitule à Sedan et cède le pouvoir aux républicains. Le 19 septembre commence le siège de Paris, qui prend fin le 28 janvier 1871.

L'action de *Boule de suif* démarre après le 6 décembre 1870, date à laquelle commence l'Occupation prussienne de la ville de Rouen, abandonnée par l'armée française qui s'est repliée à Honfleur. Cette dernière a le projet de s'embarquer pour Le Havre (toujours tenu par les Français) avant de tenter la reconquête de Rouen.

Le point de vue de Maupassant

Le thème de la guerre contre la Prusse est commun à tous les récits des *Soirées de Médan* (1880). Antimilitariste, Maupassant dénonce la cruauté et l'absurdité de la guerre à travers, d'une part, la description des conséquences matérielles des combats et de l'Occupation (marchés parallèles, pillages, corruption, etc.) et, d'autre part, les discours argumentatifs de personnages porte-parole, tels que Mme Follenvie qui ne peut s'empêcher d'exprimer sa haine vis-à-vis de la Prusse. « Ces gens-là, ça ne fait que manger… », s'indigne-t-elle (p. 25).

La nouvelle s'ouvre sur la débâcle des soldats français, décrits de manière dévalorisante, montrés au mieux comme des loques ou des victimes si ce sont des appelés, au pire comme des « bandits » ou des arrivistes incompétents (p. 9). Maupassant égratigne surtout les militaires de profession, les officiers et les Prussiens, parce qu'ils sont les initiateurs et les bénéficiaires du conflit.

L'auteur rend cependant acceptable la guerre de défense (argument avancé par Cornudet), mais il souligne l'inutilité de l'héroïsme et la lâcheté contagieuse des bourgeois : « La guerre est une barbarie quand on attaque un voisin paisible ; c'est un devoir sacré quand on défend la patrie. » (Éditions Nathan, 2009, p. 52) L'héroïsme est discrédité parce qu'incarné par des personnages populaires sans prestige ni pouvoir comme Boule de suif (qui, bien qu'elle ait une image méliorative, demeure une prostituée). Quant aux bourgeois, la seule guerre qu'ils mènent, c'est contre la prostituée dont le corps reçoit l'ennemi comme on subit un siège. Tous font « blocus » contre elle pour la faire céder.

L'ENFERMEMENT DANS *BOULE DE SUIF*

L'enfermement se retrouve tout au long du texte et à tous les niveaux :

- **la construction du récit :** le roman s'ouvre sur la retraite des Français et se finit à nouveau sur la fuite des voyageurs français ;
- **l'environnement :**
  - **les lieux :** l'action s'ouvre et se ferme sur un trajet en diligence, lieu on ne peut plus fermé. Les personnages n'en sortent que pour devenir les prisonniers de l'officier allemand dans l'auberge de Tôtes ;
  - **les intempéries :** la neige constitue un obstacle supplémentaire à la liberté des Français ;
- **leur condition** : Boule de suif ne peut échapper à sa condition de prostituée et la rencontre avec l'officier allemand rend impossible son intégration auprès de ses compagnons de voyage puisque, après qu'elle s'est dévouée pour eux, tous ses compagnons de route la méprisent. Les autres Français sont quant à eux pris en otages dans l'auberge, mais aussi prisonniers de leurs préjugés sociaux, ce qui explique l'absence de charité dont les religieuses font notamment preuve dans la scène finale.

LE RÉALISME

Influencée par Flaubert, l'œuvre de Maupassant s'inscrit dans le courant réaliste, un courant artistique et littéraire qui a vu le jour dans la seconde moitié du XIXe siècle. Le réalisme se caractérise par le désir d'imiter le réel : il s'agit, pour les écrivains, de reproduire dans leurs œuvres le réel en étant le plus objectif possible. Ils ne cherchent plus à idéaliser ce qu'ils décrivent, mais à décrire la réalité telle qu'elle est. Maupassant s'amuse ainsi à retranscrire l'accent germanique dans les dialogues : « Che ne feux pas... foilà tout... Fous poufez tescentre. » (*ibid.*, p. 59) Ainsi, Maupassant aborde des thèmes souvent traités par les réalistes : l'argent, la nourriture, le corps et l'influence de la société sur les comportements humains. Ensuite, il recherche la vraisemblance :

- l'auteur se serait inspiré de personnages réels, M. Carré-Lamadon ayant pour modèle M. Pouyer-Quertier, maire de Rouen à l'époque tandis que l'héroïne s'inspire d'une authentique prostituée rouennaise qui portait le même surnom ;
- l'auteur utilise la toponymie exacte de la Normandie (Pont-Audemer, Tôtes, Croisset, etc.) ;
- il caractérise ses personnages selon leur milieu social et, pour décrire une situation, un protagoniste ou pour donner l'illusion du vrai, Maupassant préfère souvent évoquer les silences (marquant par exemple la gêne devant la prostituée humiliée), les objets (Mme Loiseau est très attachée aux biens matériels) et le langage du corps (les personnages bâillent selon les manières de leur

classe sociale d'origine), autant d'éléments significatifs ;

- aussi l'auteur propose-t-il des personnages nuancés et, pour être le plus objectif possible, ne donne-t-il jamais ouvertement son avis, se cachant plutôt derrière le pronom « on » ou derrière un personnage ;
- enfin, l'auteur ne dévoile pas non plus les pensées intimes des personnages ou fournit plusieurs interprétations possibles de leurs comportements : pourquoi Cornudet ne partage-t-il pas ses provisions avec la prostituée ? Pourquoi quitte-t-il Rouen ? Autant de questions qui demeurent sans réponse.

LA NOURRITURE, THÈME PIVOT DE L'ŒUVRE

La nourriture dans *Boule de suif* fait clairement office de marqueur social. Ce thème apparait significativement à trois reprises, occurrences qui constituent des étapes décisives dans le récit :

- lorsque la compagnie meurt de faim dans la diligence, c'est autour des mets apportés par Boule de suif que le groupe acquiert un semblant de cohésion ;
- quand la compagnie parvient finalement à convaincre Boule de suif de se sacrifier et d'aller coucher avec l'ennemi, c'est encore la nourriture (ou plutôt la boisson sous sa forme la plus noble, le champagne), qui scelle la cohésion sociale du groupe (qui est d'autant plus importante que la figure du bouc émissaire a été exclue) ;
- pour le reste du voyage en diligence, la nourriture cette fois apportée par les bourgeois, Cornudet et les deux sœurs, confirme cette cohésion de groupe, motivée

encore une fois par l'exclusion du bouc émissaire.

On note néanmoins que cette cohésion n'est pas utopique. Si le premier repas en diligence offert par Boule de suif était sous le signe du partage, pour ce second repas, chacun mange sa propre nourriture. Le choix des aliments reflète les statuts sociaux de chacun. Par exemple, Cornudet, l'homme du peuple, se satisfait d'œufs durs quand le comte et la comtesse dégustent eux un pâté de lièvre dans un « de ces vases allongés dont le couvercle porte un lièvre en faïence. » (*ibid.*, p. 81)

Le symbolisme du titre renforce cette thématique de la nourriture, Boule de suif désignant littéralement « boule de graisse animale ». Elle n'est même pas désignée comme mademoiselle Elizabeth Rousset, son nom véritable, mais bel et bien comme une nourriture qui sera d'abord dévorée par l'officier allemand et plus tard symboliquement par ses compagnons de voyage. Le portrait que Maupassant dresse d'elle suggère dès le début ce que va devenir Boule de suif : elle est en effet associée à un jambon, ou du moins, à un met appétissant : « grasse à lard », aux doigts « pareils à des chapelets de courtes saucisses », « avec une peau luisante et tendue », « elle restait cependant appétissante » tandis que « sa figure était une pomme rouge » (*ibid.*, p. 31).

LES FIGURES DE STYLE COMME SUPPORT DE L'IRONIE DE MAUPASSANT

L'écriture de Maupassant est riche en figures de style ayant pour but d'exprimer son ironie. Le premier repas distribué par Boule de suif dans la diligence en est caractéristique :

> « Les bouches s'ouvraient et se fermaient sans cesse, avalaient, mastiquaient, engloutissaient férocement. Une fois le Rubicon passé, on s'en donne carrément. » (*ibid.*, p. 35)

- « Les bouches s'ouvraient et se fermaient sans cesse [...] » : il s'agit là d'une métonymie, c'est-à-dire une figure de style qui remplace une partie pour un tout. Dans le cas présent, « les bouches » font référence à l'ensemble des voyageurs. Ainsi réduits à leurs seules bouches, à cette action presque mécanique (« s'ouvraient et se fermaient sans cesse »), ils sont en quelque sorte déshumanisés ;
- « avalaient, mastiquaient, engloutissaient férocement » : cette énumération vient confirmer ce qui avait été mis en lumière avec la précédente métonymie. Les voyageurs ne sont plus perçus que comme des êtres mécaniques, simplement conçus pour manger ;
- « Une fois le Rubicon passé, on s'en donne carrément » : à travers cette métaphore (figure de comparaison sans terme comparatif), Maupassant insiste avec une grandiloquence feinte sur cette épreuve quasi historique pour les bourgeois, celle de manger les victuailles de Boule de suif, de lui être redevable d'une certaine façon. Pour eux, c'est un exploit quasi militaire d'avoir réussi à dépasser leurs principes, voire leur dégout vis-à-vis de Boule de suif, afin de profiter de sa générosité.

LE RUBICON

Le Rubicon est un petit fleuve italien qu'il était formellement interdit de franchir sans l'autorisation du Sénat romain. Jules César (homme politique et écrivain romain, 100-44 av. J.-C.), dont l'objectif était justement de défier ce Sénat, le franchit sans attendre la permission. Suétone (historien latin, 70-140 apr. J.-C.) affirme que c'est lors de cette traversée (en 49 av. J.-C.) que le célèbre chef romain lança son non moins célèbre *alea jacta est* (le sort en est jeté).

UNE CRITIQUE ACERBE DE LA BOURGEOISIE ET DU CLERGÉ

Il y a dans *Boule de suif* deux camps distincts : l'héroïne éponyme d'une part et le reste de ses compagnons de voyage d'autre part. Cette seconde catégorie se compose des religieuses, époux Loiseau, représentants de la petite bourgeoisie, des époux Carré-Lamadon d'un niveau social plus élevé que les précédents et que l'on pourrait donc classer comme faisant partie de la haute bourgeoisie, et enfin du comte et de la comtesse de Bréville, appartenant à la noblesse. À cela s'ajoute un portrait ambigu de la figure des républicains, Cornudet. Il est le seul à juger le sacrifice de Boule de suif exigé par les bourgeois comme une « infamie » et le seul à ne pas prendre part à la fête. De plus, il est celui qui exaspèrera les bourgeois à la fin du roman en sifflant *La Marseillaise*. Il n'est pourtant pas un véritable allié pour la malheureuse et affamée Boule de suif, avec qui il ne partage pas son repas. Sa sensibilité républicaine, supposée être tournée vers les gens du peuple, les « citoyens » (*ibid.*, p. 52) semble être bien fragile.

Plus le niveau social est élevé, plus les personnages sont d'abord dépeints comme ayant des manières et sachant se comporter en gens honnêtes. À la fin du premier repas distribué par Boule de suif, « Mme de Bréville et Carré-Lamadon qui avaient un grand savoir-vivre, se firent gracieuses avec délicatesse. » (*ibid.*, p. 38) Mais cette apparente délicatesse est vite mise à mal avec l'ironie mordante de la phrase suivante : « La comtesse surtout montra cette condescendance aimable des très nobles dames qu'aucun contact ne peut salir, et fut charmante. » (*ibid.*) D'une façon générale, l'hypocrisie et même la flagornerie règnent sur l'œuvre. Il est également possible de mentionner le comte qui, pour convaincre Boule suif de céder à l'officier, se montre paternaliste, recourt au chantage affectif pour finalement monter d'un niveau dans le mépris en passant brutalement au tutoiement : « Il lui parla de ce ton familier, paternel, un peu dédaigneux, que les hommes posés emploient avec les filles, l'appelant : "ma chère enfant", la traitant du haut de sa position sociale, de son honorabilité discutée. » (*ibid.*, p. 70)

En plus de cette hypocrisie omniprésente, Maupassant n'hésite pas à grossir les traits de ses personnages pour les rendre caricaturaux, notamment dans leur rapport à l'argent et/ ou aux titres. Le plus à plaindre est probablement M. Carré-Lamadon, coincé entre deux classes sociales (la petite bourgeoisie, représentée par M. Loiseau et la haute noblesse représentée par le comte Hubert de Bréville qui porte « un des noms les plus anciens et les plus nobles de Normandie », *ibid.*, p. 29), et qui semble faire un léger complexe d'infériorité à ce sujet par rapport au comte : « Le comte lui envoya sa carte où M. Carré-Lamadon ajouta son nom et tous ses titres. » (*ibid.*, p. 58) Cet attachement aux titres et à l'argent est partagé par tous les représentants des « honnêtes gens » : « Les plus riches étaient les plus épouvantés, se voyant déjà contraints, pour racheter leur vie, de verser des sacs pleins d'or entre les mains de ce soldat insolent. » (*ibid.*, p. 59)

Cet exemple met également en exergue le peu de courage caractéristique des « honnêtes gens ». Si Boule de suif fuit pour avoir tenté d'étrangler l'occupant prussien qui logeait chez elle (et donc pour une forme de résistance patriotique), les trois couples fuient par appât du gain. Le jugement de Maupassant se fait donc sans appel : « [Boule de suif] grandissait dans l'estime de ses compagnons qui ne s'étaient pas montrés si crânes [...] » (*ibid.*, p. 39) La rapidité avec laquelle les trois couples mariés obéissent à l'ordre de l'officier allemand quand celui-ci leur ordonne de descendre de la diligence est un deuxième exemple de leur lâcheté. Les premiers à descendre sont le comte et la comtesse, les derniers Cornudet et Boule de suif. Plus le niveau social est bas, plus la volonté de résister à l'envahisseur est farouche.

Quant aux deux sœurs, représentantes du clergé, le portrait que Maupassant en dresse n'est pas plus glorieux. Elles se placent en retrait de leurs compagnons de voyage quand cela leur convient. Tiraillées par la faim, au même titre que les autres, elles seront les premières à accepter l'aide de Boule de suif. Là encore se manifeste l'ironie de Maupassant qui les présente comme étant prêtes à accepter la moindre souffrance sauf, de toute évidence, celle de la faim. Plus tard, elles se rapprochent des bourgeois en appuyant sur l'argument de la foi qu'« une action blâmable en soi devient souvent méritoire par la pensée qui l'inspire » (*ibid*., p. 69) et en trinquant avec eux, au champagne, du sacrifice de Boule de suif. À l'instar des bourgeois, elles ne partageront pas leurs victuailles avec la pauvre Boule de suif qui est à bien des égards (sa présence à un baptême, son sacrifice) bien plus proche de la figure christique qu'elles. Les valeurs chrétiennes de charité, de tolérance (notamment autour de la figure de la prostituée) et de partage ne sont absolument pas représentées par ces deux figures. Ce constat n'a rien d'étonnant de la part de Maupassant qui avait dès le début averti de son aversion pour la religion en recourant aux majuscules pour désigner ce qui caractérise les honnêtes gens : « Ces six personnes formaient le fond de la voiture, le côté de la société rentée, sereine et forte, des honnêtes gens autorisés qui ont de la Religion et des Principes. » (*ibid*., p. 29)

Boule de suif fait, à juste titre, partie du patrimoine littéraire français. La critique de l'hypocrisie humaine et l'hommage de Maupassant aux méprisés a trouvé un écho bien au-delà des frontières hexagonales. L'œuvre fut en effet l'objet d'adaptations en URSS, au Japon et surtout aux États-Unis où John Ford (cinéaste américain, 1895-1973) s'en est inspiré pour réaliser *La Chevauchée Fantastique* (1939).

PISTES DE RÉFLEXION

QUELQUES QUESTIONS POUR APPROFONDIR SA RÉFLEXION...

- Peut-on considérer Boule de suif comme un personnage tragique ? Argumentez et illustrez à l'aide d'exemples.
- Comment et pourquoi Maupassant se sert-il de l'ironie dans cette nouvelle ?
- Pour Maupassant, un écrivain réaliste doit avant tout être un artiste. Montrez, en vous appuyant sur une étude stylistique de *Boule de suif*, que Maupassant écrit à la fois comme un poète et comme un peintre.
- Comparez le personnage de Boule de suif avec les prostituées de *Mademoiselle Fifi* (1882) et *de La Maison Tellier*, deux autres œuvres de Maupassant. Ont-elles des points communs ? Le regard que l'auteur porte sur ces différents personnages est-il le même ?
- À votre avis, qu'est-ce qui explique l'attachement de Maupassant vis-à-vis de la figure de la prostituée ?
- Comparez *Boule de suif* avec *L'Attaque du moulin* (1880) de Zola, une nouvelle qui fait aussi partie des *Soirées de Médan* : quels sont les différences et les points communs dans la manière dont les deux auteurs traitent les thèmes de la guerre et de l'héroïsme ?
- Qu'est-ce qui fait de cette nouvelle une œuvre réaliste ?
- Comment se manifeste le pessimisme de l'auteur ?
- Quelle image est donnée de la société de 1870 et des types sociaux qui s'y affrontent ?
- Quel est l'usage fait par Maupassant de la syntaxe pour dépeindre les différents personnages ?

POUR ALLER PLUS LOIN

ÉDITIONS DE RÉFÉRENCE

- MAUPASSANT G. de, *Boule de suif*, Paris, Librio, 1995.
- MAUPASSANT G. de, *Boule de suif*, Paris, Nathan, coll. « Carrés Classiques », 2009.

ÉTUDE DE RÉFÉRENCE

- TURTEL F., *Maupassant. Biographie. Étude de l'œuvre*, Paris, Vuibert, coll. « Studio thème », 1999.

ADAPTATIONS

- *Shangai Express*, film de Josef von Sternberg avec Marlène Dietrich et Clive Brook, États-Unis, 1932.
- *O'yuki la vierge*, film de Kenji Mizoguchi avec Isuzu Yamada, Japon, 1935.
- *La Chevauchée fantastique*, film de John Ford avec John Wayne et Claire Trevor, États-Unis, 1939.
- *Boule de suif*, film de Christian Jaque avec Micheline Presle et Alfred Adam, France, 1945.
- *Boule de suif*, bande dessinée de Li-An, Paris, Éditions Delcourt, 2009.

SUR LEPETITLITTÉRAIRE.FR

- Commentaire de la préface de *Pierre et Jean* de Guy de Maupassant.
- Commentaire du dénouement de *Boule de suif*.

- Commentaire de l'incipit de *Bel-Ami* de Guy de Maupassant.
- Commentaire de l'incipit d'*Une vie* de Guy de Maupassant.
- Fiche de lecture sur *Bel-Ami*.
- Fiche de lecture sur *La Maison Tellier* de Guy de Maupassant.
- Fiche de lecture sur *La Parure* de Guy de Maupassant.
- Fiche de lecture sur *La Peur et autres contes fantastiques* de Guy de Maupassant.
- Fiche de lecture sur *Le Horla* de Guy de Maupassant.
- Fiche de lecture sur *Le Papa de Simon* de Guy de Maupassant.
- Fiche de lecture sur *Les Contes de la bécasse* de Guy de Maupassant.
- Fiche de lecture sur *Mademoiselle Perle et autres nouvelles* de Guy de Maupassant.
- Fiche de lecture sur *Pierre et Jean*.
- Fiche de lecture sur *Une vie*.
- Questionnaire de lecture sur *La Maison Tellier*.
- Questionnaire de lecture sur *La Parure*.
- Questionnaire de lecture sur *Le Papa de Simon*.

DUMAS
- Les Trois
  Mousquetaires

ÉNARD
- Parlez-leur
  de batailles,
  de rois et
  d'éléphants

FERRARI
- Le Sermon sur la
  chute de Rome

FLAUBERT
- Madame Bovary

FRANK
- Journal
  d'Anne Frank

FRED VARGAS
- Pars vite et
  reviens tard

GARY
- La Vie devant soi

GAUDÉ
- La Mort du
  roi Tsongor
- Le Soleil des
  Scorta

GAUTIER
- La Morte
  amoureuse
- Le Capitaine
  Fracasse

GAVALDA
- 35 kilos d'espoir

GIDE
- Les
  Faux-Monnayeurs

GIONO
- Le Grand
  Troupeau
- Le Hussard
  sur le toit

GIRAUDOUX
- La guerre de
  Troie
  n'aura pas lieu

GOLDING
- Sa Majesté des
  Mouches

GRIMBERT
- Un secret

HEMINGWAY
- Le Vieil Homme
  et la Mer

HESSEL
- Indignez-vous !

HOMÈRE
- L'Odyssée

HUGO
- Le Dernier Jour
  d'un condamné
- Les Misérables
- Notre-Dame
  de Paris

HUXLEY
- Le Meilleur
  des mondes

IONESCO
- Rhinocéros
- La Cantatrice
  chauve

JARY
- Ubu roi

JENNI
- L'Art français
  de la guerre

JOFFO
- Un sac de billes

KAFKA
- La Métamorphose

KEROUAC
- Sur la route

KESSEL
- Le Lion

LARSSON
- Millenium I. Les
  hommes qui
  n'aimaient pas
  les femmes

LE CLÉZIO
- Mondo

LEVI
- Si c'est un
  homme

LEVY
- Et si c'était vrai…

MAALOUF
- Léon l'Africain

MALRAUX
- La Condition
  humaine

MARIVAUX
- La Double
  Inconstance
- Le Jeu de l'amour
  et du hasard

MARTINEZ
- Du domaine
  des murmures

MAUPASSANT
- Boule de suif
- Le Horla
- Une vie

MAURIAC
- Le Nœud
  de vipères

MAURIAC
- Le Sagouin

MÉRIMÉE
- Tamango
- Colomba

MERLE
- La mort est
  mon métier

MOLIÈRE
- Le Misanthrope
- L'Avare
- Le Bourgeois
  gentilhomme

MONTAIGNE
- Essais

MORPURGO
- Le Roi Arthur

MUSSET
- Lorenzaccio

MUSSO
- Que serais-je
  sans toi ?

NOTHOMB
- Stupeur et
  Tremblements

ORWELL
- La Ferme
  des animaux
- 1984

PAGNOL
- La Gloire de
  mon père

PANCOL
- Les Yeux jaunes
  des crocodiles

PASCAL
- Pensées

PENNAC
- Au bonheur
  des ogres

POE
- La Chute de la
  maison Usher

PROUST
- Du côté de
  chez Swann

QUENEAU
- Zazie dans
  le métro

QUIGNARD
- Tous les matins
  du monde

RABELAIS
- Gargantua

RACINE
- Andromaque
- Britannicus
- Phèdre

ROUSSEAU
- Confessions

ROSTAND
- Cyrano de
  Bergerac

ROWLING
- Harry Potter à
  l'école des sor-
  ciers

SAINT-EXUPÉRY
- Le Petit Prince
- Vol de nuit

SARTRE
- Huis clos
- La Nausée
- Les Mouches

SCHLINK
- Le Liseur

SCHMITT
- La Part de l'autre
- Oscar et la Dame rose

SEPULVEDA
- Le Vieux qui lisait des romans d'amour

SHAKESPEARE
- Roméo et Juliette

SIMENON
- Le Chien jaune

STEEMAN
- L'Assassin habite au 21

STEINBECK
- Des souris et des hommes

STENDHAL
- Le Rouge et le Noir

STEVENSON
- L'Île au trésor

SÜSKIND
- Le Parfum

TOLSTOÏ
- Anna Karénine

TOURNIER
- Vendredi ou la Vie sauvage

TOUSSAINT
- Fuir

UHLMAN
- L'Ami retrouvé

VERNE
- Le Tour du monde en 80 jours
- Vingt mille lieues sous les mers
- Voyage au centre de la terre

VIAN
- L'Écume des jours

VOLTAIRE
- Candide

WELLS
- La Guerre des mondes

YOURCENAR
- Mémoires d'Hadrien

ZOLA
- Au bonheur des dames
- L'Assommoir
- Germinal

ZWEIG
- Le Joueur d'échecs

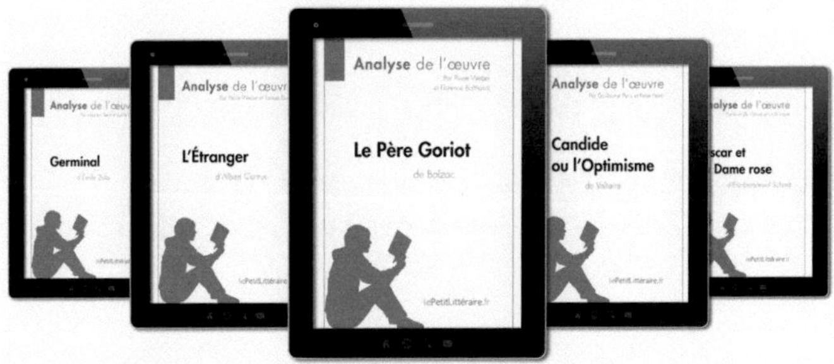

www.lepetitlitteraire.fr

ISBN version numérique : 978-2-8062-1918-3
ISBN version papier : 978-2-8062-1055-5
Dépôt légal : D/2013/12603/257

Avec la collaboration de Célia Ramain pour l'étude du personnage de Mme Follenvie, M. Carré – Lamandon et Mme Carré – Lamandon ainsi que pour les chapitres « La nourriture, thème pivot de l'œuvre », « Le jeu des figures de style comme support de l'ironie de Maupassant » et « Une critique acerbe de la bourgeoisie et du clergé ».

Conception numérique : Primento,
le partenaire numérique des éditeurs.

Ce titre a été réalisé avec le soutien de la Fédération Wallonie-Bruxelles, Service général des Lettres et du Livre.